희망사항

희망사항

정수남 시집

도화

시가 찾아와 나를 벗긴다.
어제도 그제도 벗겼다.

그런데 벗고, 벗고, 또 벗으니까
지금까지 보이지 않던 내가 보이기 시작했다.
내가 보이니까 그동안 분실했던 웃음이 다시 나를
찾아왔다.
그 웃음이 나에게 세상을 이길 힘을 주었다.
고맙다.

아내가 이 시를 읽고
희망을 놓지 않았으면 좋겠다.

2025. 2. 5.

차례

시인의 말

1부_아내의 이름

아내의 이름 · 14

너, 지금 어디 있니? · 16

아직은 아니야 · 19

사랑법 · 21

행복 · 23

아들의 전화번호 · 25

내가 그리는 바다는 · 26

아내의 운동화 · 28

요즘 나는 울면서 산다 · 30

행복이라는 것은 · 31

착각 · 33

이사 · 35

어느 여름날 오후 · 37

꽃샘추위 · 39

내가 두려운 것은 · 41

황혼을 바라보며 · 42

거울이 나에게 · 43

지하철에서 · 45

둘이 있어도 우리는 혼자다 · 46

폭염 · 47

의자가 있는 자리 · 49

아내는 강이다 · 51

삼계탕 · 53

2부_사랑한다는 것은

나도 아플 때가 있어요 · 56

아내의 일흔아홉 번째 생일 · 58

자전거 타기 · 60

꽃 · 62

된장찌개를 끓이며 · 63

아내는 거짓말쟁이 · 65

너, 살아났구나 · 67

인연 · 69

소꿉장난 · 70

나의 기도 · 72

그대 이름은 · 74

아직 모르겠니? · 76

사랑한다는 것은 · 78

무좀약을 바르며 · 79

나도 만나고 싶다 · 80

나는 누굴까 · 82

문 · 83

아내의 음악 소리 · 84

형님 산소에서 · 86

우리집과 '우리집' · 90

몰라 · 92

내 몸이 나를 떠나겠다고 위협한다 · 94

내 아내는 화가다! · 96

3부_내가 웃는 까닭은

아내는 시한폭탄 · 100

모과가 웃는다 · 101

내가 웃는 까닭은 · 102

공원에서 · 103

어느 날 밤에 · 104

이루의 하루 · 105

여름날 · 106

카톡이 왔다 · 108

아내의 시간여행 · 110

내가 누구지? · 112

아내의 다리 · 113

꿈(1) · 115

꿈(2) · 116

꿈(3) · 118

감사할 제목 · 119

부부의 힘 · 120

친구의 한마디 · 125

나무 · 126

아버지 산소에서 · 127

로또복권 · 129

가족사진 · 131

아버지 말씀 · 133

의류 수거함 · 134

4부_아내의 시간

결혼기념일 · 138

팔월 · 140

기역, 니은, 디귿 · 141

목 · 143

돌멩이 하나 · 145

아내의 구두를 닦다 · 147

농담 같은 · 150

아내의 시간 · 152

딱, 두 번 · 153

아내는 일류 배우다 · 155

치매 환자 · 157

나이 팔십은 · 158

희망사항(1) · 160

희망사항(2) · 161

아내의 핸드폰 · 163

남성을 보다 · 165

아내도 때로는 나처럼 울까 · 167

오늘 하루도 · 169

분리수거의 날 · 171

버스에서 본 여자 · 174

아내의 엄마 · 175

무제 · 176

라면 한 컵도 · 177

해설

긴 슬픔과 깊은 아픔을 이겨내기 위하여 _ 이승하 · 179

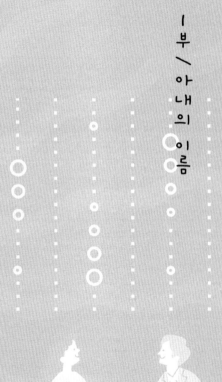

1부 / 아내의 이름

아내의 이름

내 아내 이름은 김영자입니다
본은 연안이고
꽃불 영, 아들 자를 씁니다
그런데 아내는 자기 이름 석 자를 불러도
대답할 줄 모릅니다

아내는 이름을 잃어버렸습니다
60년 가깝게 함께 살면서
내가 이름 대신 부르던
여보, 당신, 해도
대답하지 않습니다

나는
이름을 잃어버린 아내가
내 아내 같지 않아서
이따금 낯설게 느껴집니다

그래도 아내가

말을 모두 잃어버린 건 아닙니다

내가 누구지, 물으면

내 남편이라고

그것만큼은 아주 또렷이 말합니다

다행입니다

나는 그런 아내가 예뻐서

그럴 적마다 가만히 안아 주곤 합니다

내 아내의 손은 아직 따듯합니다.

너, 지금 어디 있니?

너, 지금 어디 있니?

10년 전 뇌경색으로 쓰러진 뒤
아내로부터 달아난 너는
어느 날부터
아내의 웃음마저 앗아갔다

식탁에 앉아 한술 뜨기 바쁘게
방으로 들어가는 아내는
꿈속에서 과연 무엇을 찾고 있을까
혹시 너를 붙들고 조르는 것은 아닐까
나처럼

우리가 잘 지켜야 해요
우리가 만들어갈 세상

한평생 아내는 약속을 지켰다

아내가 만든 세상은

높지는 않았지만 견고했다

태풍이 불고

해일이 덮쳐도 흔들리지 않았다

남산에서 처음 입술을 맞추며

함께 가자는 약속

잊지 않았다

오히려

내가 다른 세상에 발을 디딜까

첨병처럼 눈 크게 뜨고 지켰다

어느새

아내의 코 고는 소리가 들린다

어린아이 같은 옹알이 소리도 들린다

아내는 오늘 또

무엇을 찾아 헤매고 있을까

나는 창밖으로 시선을 돌린다

구름 한 점 없는 하늘은
오늘도 잉크를 뿌려놓은 듯 파랗다
그날처럼

그래, 박꽃처럼 맑고 환했던 웃음
이제 다시 볼 수 없어도 상관없다
그러나
강제로 앗아간 그 기억만큼은
다시 돌려받고 싶다

너, 지금 어디 있니?
어디에 숨어 있는 거니?

아직은 아니야

아직은 아니야

당신이 말하지 않아도
무슨 말을 하려는지
눈빛만 봐도 다 알아
그럼,
60년을 같이 살았는데
그걸 모를까?

그래도
아직은 아니야
조금 더 살다 보면
좋은 날이 다시 돌아올 거야

이대로 끝난다면
그건
너무 슬프잖아

너무 아프잖아

한번은 훨훨 걷기도 하고
뛰어도 봐야 하지 않겠어?

사랑법

누가 사랑을 쉽다고 하나요?
누가 사랑하면 다 행복해진다고 하나요?

사랑은 일방통행이 아니에요
사랑은 상대적이에요
그러니까 사랑한다는 말
함부로 하지 마세요

서툴고 험난하지만
시간이 해결해 줄 거라고 믿지만
그냥 미래를 향해 손잡고
묵묵히 걸어가면 될 거라고 알지만
사랑은 쉽지 않아요
숨 막히는 고통도, 아픔도
함께 할 각오가 필요해요
사랑한다면 그것부터
견딜 준비가 되어 있어야 해요

우리처럼요

행복

무작정 올라가면 되는 줄 알았다
부는 바람 따라 가면
만날 줄 알았다

가파른 길
자갈길도 마다하지 않았다

오르고
오르다가
가시넝쿨에 찔려도
피가 철철 흘러내려도
웃으면서 올라갔다

숨이 가쁘고
온몸이 땀에 흠뻑 젖어도
올라가면 만날 줄 알았다

하루도 쉬지 않았다
해가 뜨면 오르고
또 올라갔다

올라가다가
내려오는 사람을 만날 적에도
그 사람들이 왜 눈물을 뿌리면서
내려오는 줄 몰랐다, 그때는

바람이 가리키는 데로
올라가기만 하면
꼭 만나는 줄 알았다

그게 아니란 걸
그때는 정말 몰랐다

아들의 전화번호

전화를 건다
신호가 길게 이어지지만
그날도 통화는 되지 않는다

ㅡ지금 거신 번호는 없는 번호입니다
ㅡ다시 확인하시고 걸어주세요

전화를 끊는다

아, 그렇구나
비로소 깨닫는다

내 핸드폰에 저장된 번호는
3년 전 먼저 저세상으로 혼자 가버린
아들의 번호였다

내가 그리는 바다는

나는 화가가 아니다
그래도 밤마다 바다를 그린다

파도가 조용히 다가와
모래톱을 부드럽게 매만지고 돌아가는
그날 아내와 함께 거닐던
경포대 바닷가
직선으로 그어진 수평선 위에
점점이 떠 있는 고깃배

그런데
내가 그리는 바다는
다 그리고 나면
언제나 그 바다가 아니다
이상한 바다가 되고 만다
사나운 풍랑이
나를 곧 삼킬 것 같은

밤마다
그 바다의 거센 파도가
나를 눌러
소스라치며 깨어나는

나의 하루는
그렇게 열린다

아내의 운동화

빗소리가 고즈넉한 오후
신발장에서
그대를 기다리며 졸고 있던
하얀 운동화가 문득
투덜거리는 소리를 듣는다

신을 사람이 찾지 않아
몇 년 동안 혼자 외로웠다는
왜 꺼내주지 않느냐는

꽃핀 봄날
몇 년 만에 비 맞으며
자기도 바깥 구경하고 싶다는

그래도 그대는
일어날 줄 모른다

운동화가 그토록 기다리는 그대는
아무것도 모른 채
빗소리를 자장가 삼아
코를 골고 있다

바깥은 목련이
하얗게 웃고
개나리 진달래가
새봄을 노래하는데

요즘 나는 울면서 산다

요즘 나는 울면서 산다

한평생 시를 쓴다고 한들
여름 한낮 저 푸르름도 그리지 못하는 것을

한평생 노래를 부른다 한들
여름 한낮 산새들의 지저귐만도 못한 것을

한평생 사랑한다고 한들
여름 한낮 짝짓기하는 저 노루의 열정만도 못한
것을

요즘 나는 울면서 산다

10년 넘게 지키고 있으면 뭐 하나,
아내를 한 번도 걷게 하지 못하는 것을

행복이라는 것은

누가 뭐라고 해도
나는 참, 행복하다

날마다 행복을 만들며 산다

날마다 행복을 만들면
행복이 나를 행복하게 만든다

3년 전 둘째 아들을 먼저 하늘나라로 보냈고
10년 전 뇌경색으로 쓰러진
아내와 대화가 단절되었지만
나는 그래도 행복하다

행복을 만들며 산다

누군가 불행할 거라고 위로하면
나는 머리부터 흔든다

내가 스스로

행복하지 않다고 여기면

당장 눈물이 소낙비처럼 쏟아질 것 같아

매일 매일 이 악물고

나는 참 행복하다,

행복하다 읊조리며 산다

착각

내 아내는
해가 뜨고 지는 것을 모릅니다
어제와 오늘도 모릅니다

오늘이 며칠이냐고
물을 적마다 대답해 주지만
조금 지나면 또 묻습니다
왜 자꾸 묻느냐고 해도
소용이 없습니다

벌써 몇 년 동안
봄이 와도
그 봄이 가고
다시 또, 또 새봄이 와도
아내는 봄 냄새를 맡을 줄 모릅니다

아내를 볼 적마다

나는 그 얼굴에서
시간도
무너질 수 있다는 걸 배웁니다

그래도
내일은
아내가 문득 깨어나
그 예쁜 입에서
해가 떴네, 했으면 합니다

이사

젊은 시절
이곳에서 저곳으로
작은 집에서 더 작은 집으로
열 번도 넘게 이사 다닐 적마다
아내는 말없이 짐을 꾸리면서도
한숨 한번 길게 내뱉지 않았다

그때마다
세상이 나를 무시하는 것 같아
그 곁에 서서
나는 말없이
어금니를 사려 물곤 하였다

그런데 팔십이 넘은 어느 날 오후
유리창 너머 하늘을 무심코 올려다보다가
문득 세상이
이젠 그만 방을 빼라고 하면

아내가 어떤 얼굴을 할까

궁금해진다

또 이사 가야 하느냐고

이번엔 나를 올려다보며

원망스러운 얼굴을 하지 않을까, 싶다

어느 여름날 오후

바닷가를 거닐며
깔깔거리는 아내의 웃음소리가
태양보다 더 뜨겁게 타올랐다

모래톱을 할퀴고
물러가는 파도가 식혀주지 않았다면
아내는 그 자리에서 타올라
불기둥이 될 것 같았다

갈매기 소리보다 더 크고 청량한
아내의 웃음소리는 섬과 섬을 돌아
메아리가 되어
바다를 떠돌다가
내 가슴으로 쏟아졌다

그 소리를 마시면서도
나는 자꾸 목이 말랐다

마셔도 마셔도 목이 말랐다

잠시 눈을 붙였던 어느 여름날
오후였다

꽃샘추위

사람들은
꽃이 피면
봄이 왔다고 활짝 웃어요
나무껍질 같은
두꺼운 옷 모두 벗어버리고
저희끼리 깔깔거려요
미련 없다는 얼굴이에요

그래도 우리 얼음판에서
혹은 눈 내린 산에서
서로 사랑을 나눴잖아요?

인사치레라도 석별의 손짓
한 번쯤 해주는 게 도리잖아요?

그래서 떠나기 전 작정했어요
우리를 아주 잊기 전

아직 살아 있다는 걸 보여줘야겠다고

이제 막 터지기 시작한
여린 꽃망울 사정없이 흔들어요
활짝 웃는 사람들 얼굴이 파리해질 때까지
다시 어깨를 움츠리고 손 불며
오소소, 떨 때까지

그러나
우리의 심술은 정말 거기까지예요
왜냐고요?
그 사랑,
잊을 수 없으니까요

내가 두려운 것은

내가 두려운 것은
아내보다 더 오래 살 것 같기 때문이다

더 오래 산다는 게 두려운 것은
아내의 얼굴을 더는 볼 수 없기 때문이다

그보다 더 두려운 것은
아내가 가고 난 뒤
내 사랑이 식으면 어쩌나 하는 것 때문이다

사람 마음이
아침저녁 바뀌는 걸 알기 때문이다

황혼을 바라보며

노을 진 하늘을 바라보다가
붉은빛이 너무 아름답다고 생각하다가
문득 우리 마지막도 저랬으면 하다가
아직은 좀 더 살아야지 입술을 깨물다가
어려워도 좀 더 살아야지 가슴을 치다가
아내의 숨소리를 듣는 게
행복하다고 느끼는 저녁

거울이 나에게

오늘도 너는 나에게 눈을 사납게
치뜨고 노려본다

어젯밤 뭐 했는지, 다 안다는 그 눈빛

나는 지레 겁을 먹고 만다
그래도 너는 눈총을 거두지 않는다

오늘은 정신 풀지 말고
주의 깊게 살필게
잠꾸러기가 되지 않을게

어젯밤,
화장실 가는 도중에
아내가 실례한 것을
눈치채지 못한 건
그동안 쌓인 피로 때문이라고

변명해도 너는

눈총을 거두지 않는다

오늘은 특별히

침묵하겠다면서도

여전히 눈을 부라리고 있다

지하철에서

지하철에서 바쁘게 화장하는 여자를 보다가
아내도 옛날엔 저랬을까 생각하다가

오늘 집에 가면 아내를 화장시켜야겠다고 하다가
아내가 도리질하면 억지로라도 한번 시켜봐야지
하다가

그래도 아내가 도리질하면 어떻게 할까 하다가
문득 얼굴도 씻지 못하는 아내에게 화장은 무슨,
하다가

고개를 떨구는 아침 시간

둘이 있어도 우리는 혼자다

둘이 있어도 나는 늘 혼자다

둘이 있어도 아내 역시 혼자다

아내와 내가 혼자이듯이 아들도, 딸도 혼자다

혼자는 혼자가 되어본 사람만이 안다

왜 밤마다 잠 못 이루고 뒤척이는지 안다

여럿이 있어도 늘 외로운 건 혼자가 되면 안다

폭염

더워요, 산다는 건 모두
숨쉬기도 어려워요
세상이 모두 푹푹, 쪄요

17평 임대아파트
좁아터진 방안에서
비지땀 흘리는 건 비단 나만이 아니에요

안방 싱글침대가
자기 지역인 양 누운 아내도 더운가 봐요
말은 하지 않아도
입을 벌리고
몇 시간째 된 숨을 몰아쉬고 있어요
앉은뱅이 선풍기를 3단으로 틀어줘도
소용이 없어요

언제쯤이면

이 더위가 가실까요?

시원한 행복을 만날 수 있을까요?

그런 세상이 다시 오긴 올까요?

의자가 있는 자리

우리 동네 골목 어귀에
낡은 의자 하나가
3년째 늘 그 자리에 나와앉아
주인을 기다리고 있다

지나가다가 이따금
심심할 것 같아
내가 엉덩이를 내려놓으면
의자는 툭, 튀어나온 스프링으로
나를 밀어낸다

나를 밀어낸
의자는 오직
옛 주인만을 기다리고 있다

자신 위에 살포시 앉아
입가에 웃음 흘리며

뜨개질하던 주인

빨래를 개던 그녀의 따듯한 엉덩이를
잊지 못하는 낡은 의자

그 추억을 붙들고
의자는
오늘도 그곳에 나와앉아
꿈꾸고 있다

나처럼

아내는 강이다

강은 자신의 길을 묵묵히 따라 흘러간다

세상이 바쁘다고 아무리 아우성쳐도
모르는 척 천천히 흘러간다

강은 지나온 계절은 기억하지 않는다

바람이 큰 소리로 부르고, 구름이 손짓해도
입을 굳게 다문 채 묵묵히 흘러간다

강은 모든 것을 안고 걸어가지만
모든 것을 하나하나 비우며 흘러간다

이제는 더 비울 게 없어도
강은 또 비울 게 없을까, 두리번거리며
흘러간다

아내는 강이다!

삼계탕

삼복더위에 보신 좀 해야 하지 않느냐고 서울 사는 친구가 찾아와 나를 데리고 간 삼계탕집에서 허겁지겁 물컹거리는 살점을 뜯고, 뜨끈한 국물을 뜬다. 얼마 만인가. 목을 타고 넘어가는 국물이 매끄럽다. 뜨거워도 시원하다. 맛있네, 맛있어. 친구가 활짝 웃는다. 나도 따라 웃는다. 뜨거운 뚝배기 속에 온몸을 오그리고 있는 자그마한 닭의 속을 젓가락으로 마구 헤집는다…….

얼마나 지났을까. 뚝배기를 다 비워갈 무렵에야 아내의 얼굴이 떠오른다. 삼복더위에 몸보신은커녕 어디로 도망가지도 못하고 싱글침대가 제 세상인 양 종일 갇혀 지내는 아내. 여름이 열 번 지나가도 더운 줄 모르는……. 그러나 오래전엔 아내도 삼계탕 한 그릇을 다 비우고 나처럼 활짝 웃던 시절이 있었다. 북창동 그 유명하다는 삼계탕집. 그때 내 눈엔 그렇게 웃는 아내가 하얀 비둘기 같았다.

친구는 삼계탕 한 그릇을 싹, 비운 나를 보고 만족한 얼굴이다. 껄껄거리며 밖으로 나온 그는 자기 일을 다 마쳤다는 듯 손을 내민다. 나도 손을 내민다. 그러나 돌아서는 그의 등짝을 보면서도 나는 쉽게 돌아서지 못한다. 뱃속에 들어간 삼계탕이 자꾸만 살아나 식도를 타고 다시 올라온다. 이게 뭐지, 뭐지……. 결국 무더운 바깥에서 한동안 서성이던 나는 카드를 꺼내 들고 다시 삼계탕집으로 들어갔다.

버스를 타고 집으로 돌아오는 동안 삼계탕은 조금도 식지 않았다. 가슴을 파고드는 따스함이 꼭 아내의 체온 같았다.

나도 아플 때가 있어요

아파요?
알아요, 얼마만큼 아픈 줄

그런데
아픈 건 당신만이 아니랍니다
나도 때로는 당신만큼 아플 때가 있답니다

아플 때 아프다는 소리
당신은 맘 놓고 할 수 있지만
나는 함부로 그 소리도 꺼내지 못해요
그냥 속으로,
속으로만 울음을 삼킨답니다

그래도 너무 아파 정말 참을 수가 없을 땐
혼자 불 끄고 앉아 술잔을 비운답니다
옛날 즐거웠던 기억을 안주 삼아
고개 돌리고 헛웃음 연신 흘리면서

당신, 아세요?
이 잔 속에 담긴 술이 내 눈물이라는 걸?

아프다고
정말 아프다고
내가 당신처럼 울어 보세요
그럼, 당신이 더 아파하지 않겠어요?
말은 하지 못해도

아내의 일흔아홉 번째 생일

일흔아홉 번째 생일을 맞아서도
아내는 종일 허공을 껴안고 있다

한겨울 매서운 바람이 유리창을 할퀴고
이따금 앙상한 나뭇가지가 달빛에 흔들려도
아내의 눈빛은 흔들리지 않는다

해피 버스데이 투 유,
해피 버스데이 투 유…….

아무도 오지 않은 밤,
케이크 위에 촛불을 켜고
혼자 손뼉을 치며 생일 축하 노래를 부른다

그런데 이 기쁜 날
왜 눈물은 자꾸 흐르는 걸까
케이크를 한 조각 잘라 입에 물려줘도

아내의 얼굴은 무덤덤하기만 한데

생일 축하해!

아내는 내가 뺨에 입맞춤하는
그 시간에도
허공을 껴안고 있다

달빛도 멈춘, 그 춥고 푸른 밤

자전거 타기

다시 또 좌측으로 기우뚱거린다
핸들을 힘껏 쥐고 앞을 주시하지만
이번엔 또 우측으로 기우뚱거린다
앗, 위험하다

자전거를 타고 가다 보면
곧고 평탄한 길만 나타나는 건 아니다

평탄한가, 하면
어느새 또
구불구불하고 가파른 곳,
벼랑이 눈앞에 나타나
우리를 가로막는다

그곳을 가까스로 넘으면서
이젠 괜찮겠지,
이게 끝이겠지, 하면

이번엔 또 난데없이 자갈밭이 나타나
훼방을 놓는다

가도 가도 끝없이 이어지는 길
그래도 우리는
손잡고 달려왔다, 팔십 평생을

만약
나 혼자였다면
오던 길 어디쯤에서
벌써 주저앉고 말았을 게 틀림없다

꽃

꽃은 말할 줄 모릅니다

꽃은 몸짓도 손짓도 할 줄 모릅니다

꽃은 오직 향기로 자신을 나타냅니다

내 아내는 꽃입니다

된장찌개를 끓이며

유난히 된장찌개 냄새가 가슴을 툭툭 치는 날, 마트에서 애호박 한 개와 두부 한 모, 청양고추 한 묶음을 사와 의기양양하게 만든다. 양파와 대파 마늘은 있으니까, 따로 준비할 필요가 없다. 냄비에 송송 썬 그것들을 모두 넣은 뒤 된장을 적당히 풀고, 중불로 끓인다. 바글바글 끓는 냄새가 제법 입맛을 당긴다. 하긴, 앞치마를 두른 게 벌써 10년 아닌가. 서당 개도 삼 년이면 풍월을 읊는다는데…….

그런데 이상하다. 냄새는 흉내 냈으나 맛은 그 옛날 아내가 끓여주던 게 아니다. 무엇이 잘못되었지, 뭐가 빠졌지? 첫 숟갈에 실패했다는 걸 깨달은 나는 아내를 슬그머니 돌아본다. 그러나 꿈나라에 가 있는 아내는 어디를 가는 중인지 기차처럼 요란하게 코를 골고 있다. 잠시 후 나는 간이 약했던 것 같아 소금을 조금 더 넣어본다. 그러나 여전히 그 맛은 아니다. 그래도 살려보려고 이것저것 시도하던 나는 결국 절망하고 만다.

그 옛날 아내는 어떻게 그런 맛을 냈을까, 쿰쿰하고, 구수하고, 시원하고, 깔끔한……. 그런데 왜 나는 10년이 지났는데도 그 맛을 내지 못하는 걸까.

나는 여전히 코를 골고 있는 아내에게 달려가 그 뺨에 볼을 비빈다.

아내는 거짓말쟁이

아내는 거짓말쟁이이다!

편안하냐고 물으면
아내는 말없이 머리를 끄덕거린다
허공을 바라보는 눈빛이
정말 편안한 것 같다

꼭 쥐면 금방 부서져 내릴 것 같은 팔다리,
모든 것 다 내주고
이제는 텅 빈 것뿐인데도

까맣게 타버려서
이제는 가슴에 재만 남았을 텐데도

오늘도
편안하냐고 묻자
아내는 또 머리를 끄덕거린다

말없이 허공을 바라보는 눈빛이
정말 편안한 것 같다

아내는 거짓말쟁이가 분명하다!

너, 살아났구나

지난겨울, 혹독한 추위에 죽은 줄 알았던 베고니
아가 살아났다
이젠 그만 이별해야 하지 않을까, 망설이던 어느 날
연둣빛 새싹이 줄기 밑바닥에서 천천히 솟고 있었다
베고니아는 지난겨울의 시련과 아픔 따윈 벌써 잊
은 듯했다
우린 죽은 게 아니었어, 긴 잠을 자고 있었던 거야
베고니아의 연한 싹을 본 순간, 나는 희망을 발견
했다

베고니아처럼 아내도 언젠가는 자리를 털고 일어
날 거라는
10년째 마비된 왼쪽 팔다리도 그 연한 잎사귀처럼
다시 살아날 거라는
오늘은 어딜 가서 뭘 먹고 싶다고, 옛날처럼 나를
조르며 칭얼댈 거라는
볼 적마다 가망 없다고 고개를 흔들던 이웃에게

웃음을 선물할 거라는

　모든 생명체는 하나도 그냥 덧없이 사라지지 않는
다는 걸 알려줄 거라는

인연

평양과 서울은 멀다

먼 데, 만났다

만나서 자식 셋을 낳았다

60년 가깝게 헤어지지 않고 살고 있다

소꿉장난

아침이 되면 부부는
식탁에 앉아 소꿉장난을 시작한다

남편은 의사
아내는 환자

의사는 비트 주스 한 잔과 함께
환자에게 처방 약을 먹인다
플라비톨정 75mg 1알
뉴스타틴알정 10mg 1알
자누메트정 50/850mg 1알
레보살탄정 2.5/80mg 1알

환자가 약을 넘긴 걸 확인한 뒤에도
의사의 손은 쉬지 않는다
이번엔 또
건강 보조 의약품 6알을 꺼내놓는다

비타민C 1000 2알

프로폴리스 1알

칼슘 마그네슘 아연 비타민D 1알

활력 비타민B 1알

오메가3 1알

매일 이어지는

부부의 소꿉장난은

환자가 그 약을 다 먹고

길게 트림을 뱉어야

끝난다

나의 기도

하나님, 감사드려요

팔십이 넘도록
우리 두 사람 여전히 함께 살게 해주셔서

병시중 드는데 부족하지 않도록
나에게 긴장과 건강주셔서

그런 속에도
먹고, 입고, 잠자는데 모자라지 않게 늘 채워주셔
서

하나님, 간구해요

언제가 될지는 모르지만
생명 거두어 가실 때
우리 두 사람 한날한시에 데려가시면 안 될까요?

어쩌다 한 사람만 남겨놓으면

그때부터 혼자된 그 사람

너무 외롭고 슬플 것 같아서요

그대 이름은

안경 너머 해맑은 눈망울이 유난히 빛나던
그대 이름은
푸른 그리움이다

달라는 것 다 내어주고
한 점 바람에도 오소소, 떨고 있는
빈 들에 홀로 남은 허리 꺾인 수숫대다

다가가면
말없이 미소 지으며 살포시 안아 주는
그래도 끝끝내 입을 다물고 있는
그대 이름은
하늘에서 내려온 투명한 이슬이다

영원을 헤매는
그대의 눈빛과
그 눈빛에 그을린 나의 아픔이 하나가 되는

긴 입맞춤할 적마다

내 몸에는 어느새 그대의 문신이 새겨진다

아직도

날마다

내 안에서 끝없이 불타오르는

그대 이름은

대보름날 시뻘겋게 타오르는 달집이다

아직 모르겠니?

아직 모르겠니?

속 시원히 말하지 못하고
늘 주저하며
떨리는 손으로 오늘도 너의 속마음을 여는

내 손이 닿을 적마다
네가 낯설어하는 것은
지금껏 같은 별에서 자라왔지만
다른 슬픔을 경험한 탓일 거야

앞만 보고 판단하지는 말아줘
뒷모습을 네가 보았다면
또박또박 새겨진
내 마음 더 잘 읽을 수 있을 텐데

아직 모르겠니?

보이지 않는

텅 빈 이면에 내 진실이 있다는 걸

묻지 않아 답할 수는 없지만

답하고 있다는 걸

사랑한다는 것은

사랑한다는 것은
지금까지 걸어보지 않은 미지의 길을 함께 걷자는
거다

지금은 비록 좁은 골목에서 서성이고 있지만
희망을 안고 미래의 큰길로 함께 당당히 나아가자
는 거다

우리를 가로막고 있는 견고한 벽을 허물고
햇살 가득한 세상을 향해 두 팔 활짝 펼치자는 거다

사랑한다는 것은
아름다운 걸 아름답다고, 다시 한번 크게 외치자
는 거다

무좀약을 바르며

쪼그리고 앉아 발가락 사이에서 세력을 뻗치고 있는 무좀 세균을 잡기 위해 물약을 바른다. 며칠 방심했더니 이놈들이 맘 놓고 만세를 부르고 있다. 짜아식들, 죽어봐라. 나는 눈을 부릅뜨고 같은 부위에 연고를 바르고 또 바른다.

문득 젊은 날, 싫다고 하는데도 부득부득 우기며 현미경으로 들여다보듯 발가락 사이사이를 샅샅이 들춰가며 약을 발라주던 아내의 손길이 떠오른다. 이놈들아, 여기가 어디라고 슬그머니 숨어들어와서 집을 지었어. 아내는 무좀이란 매우 끈질겨서 박멸할 때까지 하루도 마음을 놓아서는 아니 된다고 했다.

그땐, 그랬는데…….

나도 만나고 싶다

내 아내는 다른 세상에 살고 있다
아내는 꿈속의 그 세상을 사랑하고 있는 게 확실
하다

얼마나 사랑하는지
내가 그만 버리고 나오라면
왜, 깨우냐고 눈살을 찌푸린다

언제부터인가
나는 아내가 그 세상에서 만난 남자를
나 몰래 사랑하고 있다는 걸 알게 되었다
잠꼬대가 결정적 증거였다

얼마나 잘 생겼길래 마음을 주었을까
아내는 오늘도 코를 골다가
갑자기 얼굴 가득 미소를 띠고
입을 쫑긋거린다

그 사람을 만나고 있다는 증거다

도대체 그 사람이 누굴까
나도 그 사람 한번 만나보고 싶다

그런데 나는 만날 수가 없다
따라가고 싶어도
그 세상엔 들어갈 수 없으니까

나는 누굴까

나는
이따금 아내가
아내가 아니라고 생각한다

아내가
아내가 아니라면
나도
내가 아니다

내가
내가 아니라면
내가 사는 이 세상도
세상이 아니다

그럼 나는
지금까지 누구랑
어디에서 산 것일까

문

문은 높고 견고하다

견고한 그 문을 가까스로 열고 들어가면
이번엔 또 다른 문이 가로막는다

굳게 닫힌 그 문 역시 높고 견고하다

이게 마지막이겠지,
입술을 깨물고 그 문을 또 힘겹게 연다

그러나 내 기대는 늘 빗나간다
거기엔 또 다른 문,
더 높고 견고한 문이 나를 가로막고 있다

아내는 지금 어디에 숨어 있을까

아내의 음악 소리

나는 밤마다 아내의 음악 소리를 듣는다

아내의 연주 시간은 정해져 있지 않다
대개는 한두 시간 하다가 끝나지만
기분이 내키면 밤새도록 이어질 적도 있다

예술가의 고집을 누가 꺾겠는가
이젠 그만했으면 해도
아내는 눈길 한 번 주지 않는다
더욱 큰 소리로 연주한다

아내의 연주곡은 다양하다
헨델과 바그너도,
베토벤도, 슈베르트나 쇼팽도,
또 가끔은 트로트나 발라드풍의 가요도
연주한다

음정과 박자가 틀리고
가사가 전달되지 않아도
나는 중지시킬 수가 없다
연주자란 개성을 존중받는
존재 아닌가

나는 밤마다
연주 소리를 들으면서
그런 예술가와 함께 사는 것을
행복으로 여기며 감사할 따름이다

형님 산소에서

봄볕이 따스한 날
문득 형님 생각이 나서
국화 한 송이 들고 산소를 찾았다

산소 앞 화병엔
작년에 내가 꽂아두었던 조화가
먼지를 뿌옇게 뒤집어쓴 채
봄바람에 흐느적거리고 있었다

그동안 누가 찾아왔겠는가
형수라고 불리던 여자조차
재혼한 지 벌써 6년이 지났는데……

상석 앞에 앉아 숨을 고르며
멀리 흘러가는 임진강을 바라보다가
생전에 베푼 형님의 사랑을 생각하다가
나는 푸념을 쏟아냈다

섭섭하게 여기지 마
그러니까 누가 먼저 가랬어?
세상 다 그런 거 아니야?

그러나 형님은
내가 풍문으로 들은
그 여자에 대해 악담을 늘어놓아도
치매에 걸려 이제는
제 자식 이름도 제대로 기억하지 못하는
아내 이야기를 꺼내놓아도
대꾸가 없다

위로 한마디쯤 건넬 법 한데,
모른 척한다

형님은 도대체 무슨 생각을 하고 있을까

내가 온 것은 알고 있을까

혼자 한 시간쯤 떠들고
떠들며 앉아 있다가
이윽고 갑자기 바쁜 일이 생각난 사람처럼
서둘러 인사하고 돌아선다
더 있으면 어린아이처럼 떼쓰다가
또 눈물이 마구 쏟아질 것 같기 때문이었다

잘 있어, 앞으로는 자주 못 올 것 같아
물론 지금까지도 자주 온 건 아니지만……
형은 예순여섯에 여기 들어와 누웠지?
나는 살아서 팔십이잖아
그러니까 몸이 옛날 같지 않다는 건
당연한 거 아니야?

그때였다

산자락을 타고 내려온 봄바람이

잘 가라며

내 등을 툭툭, 떠밀었다

우리집과 '우리집'

'우리집'은 우리집이 아니다

'우리집'은 우리집에서 왼쪽으로 옆집, 옆집, 옆집
에 있는 식당이다

'우리집' 식당 주인 여자는 서산 출신의 맹 씨이고

우리집 주인 여자는 서울 토박이 김 씨이다

'우리집'은 맹 씨가 끓이는 김치찌개가 유명하고

우리집은 주인 남자가 끓이는 콩나물국이 괜찮은
편이다

'우리집' 주인 여자 맹 씨는 항상 웃는 얼굴이다

김치찌개 하나를 시켜도 밑반찬 여섯 개를 내어준
다

우리집 주인 여자는 늘 잠자는 공주다

웃을 줄도, 화낼 줄도 모르고 늘 퀭한 눈빛으로 꿈
속에 산다

그래서 우리집 주인 남자는 가끔 김치찌개 생각이
날 적마다

'우리집'을 찾아가 혼자 먹고 와서는 우리집 주인
여자를 위해 흉내를 낸다

그러나 그 맛이 '우리집' 같지 않아 늘 끌탕을 한다

그래도 우리집 주인 여자는 다행스럽게 도리질하
지 않는다

'우리집'과 우리집은 이름만 같을 뿐, 다른 집이 확
실하다

몰라

몰라는 우리끼리 통하는 아내의 별명이다. 누가 언제부터 그렇게 불렀는지는 알 수 없지만 우리는 모두 그렇게 부른다. 우리가 그렇게 불러도 아내는 싫어하지 않는 기색이다. 그 소리를 들을 적에도 그냥 맥없이 허공을 쳐다보며 피식, 웃는다.

요양보호사가 다녀갔느냐고, 점심은 먹었느냐고, 낮에 목욕은 했느냐고, 물어도 아내의 대답은 늘 '몰라'다. 어떻게 그것도 모르냐고 물어도 대답은 또 '몰라'다. 몰라, 몰라, 몰라, 몰라……. 묻고, 묻다가 지쳐서 우리는 그만 아내 따라 맥없이 웃고 만다. 그럼 아내도 뭐가 좋은지 우리를 따라 또 피식, 웃는다.

거실 유리창 너머로 보이는 바깥을 손가락질하며 저기가 어딘 줄 아느냐고, 빨리 나아서 한번 가봐야 하지 않겠냐고 말해도 아내는 머리를 흔든다. 몰라, 몰라, 몰라, 몰라……. 살아온 시간을 모르겠다는 건

지, 살아갈 시간을 모르겠다는 건지, 바람이 빠져나
가듯 몰라, 몰라 할 적마다 나도 그만 모르겠다는 생
각이 든다.

내 몸이 나를 떠나겠다고 위협한다

어느 날부터
내 몸이 나를 떠나겠다고 위협한다
80여 년 동안 아무 말 없다가
요즘 들어와 왜 심술이 났는지
이젠 떠나겠다고 엄포다

조금만 더 같이 살자고
애원해도 막무가내이다
지금까지 자신의 존재를 무시하다가
갑자기 왜 사탕발림하냐고
매몰차게 윽박지른다

내 몸은 고집이 세다

지금까지 내가 자기를 못 본 척해도
그 고집 하나로 떠나지 않았다고
볼멘소릴 하며

고집스레 머리를 설레설레 흔든다

어떻게 되는 걸까
내 몸이 나를 떠나면

아, 내 몸이 이젠 정말 떠날 준비를 하는 모양이다
온몸이 쑤시고, 켕기고, 아프다
세상이 온통 뿌옇다
어지럽다

내 아내는 화가다!

왜 그걸 진작 몰랐을까요?
아내가 매일 도화지처럼 하얀 화폭을 꺼내놓고
그림 그리고 있다는 사실을

아내의 화풍은 아기처럼 순수해요
때가 묻지도
녹이 슬지도 않았어요
세상과 동떨어진 개성 짙은 화풍이 분명해요

그래서 세상살이에 때 묻은
나는 이해할 수 없나 봐요

오늘도 아내는 아침부터
그림을 그리기 시작했어요
아내가 그림을 그릴 때는
조용히 해야 해요
소란을 떨면 안 돼요

그림 그릴 때는 더 민감해지거든요

까딱 잘못하면

화필을 거둘지도 몰라요

그림을 그리다가

배시시, 웃는 것을 보면

오늘도 아내는

자신이 그린 그림이 만족스러운가 봐요

3부 / 내가 웃는 까닭은

아내는 시한폭탄

나는 매일 밤 폭탄을 안고 잔다, 언제 터질지 모르는. 긴장 속에 자면서도 두려움은 없다, 언젠가는 터질 줄 아니까. 그래도 세상에 나가 사람들을 만날 땐 누구보다 더 크게 껄껄거린다. 아직은 터지지 않았으니까.

언제 또 쓰러질지 모르는 아내는 오늘 밤도 편안히 잠을 잔다, 자신이 폭탄이라는 것을 모르고. 몇 달 전 한밤중에 설사가 터져 속옷과 이부자리를 온통 똥칠했던 기억은 까맣게 잊은 얼굴이다, 하긴, 기억해야 소용없으니까.

폭탄 옆에서 잠을 청하는 나는 아내의 고른 숨소리가 들리면 안심한다, 오늘은 무사히 넘어갈 것 같으니까. 냉장고 소리가 간헐적으로 들리고 고장 난 수도꼭지에서 2초마다 물방울이 떨어지는 것 외 모든 게 질서를 지키고 있으니까.

모과가 웃는다

모과가 나를 보고 웃는다
쭈글쭈글한 게 웃으니까
더 쭈글쭈글해 보인다
꼭 틀니 뺀 팔십 먹은 노인네 목 주름살 같다

모과가 나를 보고 웃는다
쭈글쭈글한 게 웃으니까
썩은 냄새가 확, 코를 찌른다
죽음의 냄새 풀풀 풍기는 노인네 입속 같다

모과가 나를 보고 웃는다
쭈글쭈글한 게 웃으니까
이젠 그만 쓰레기통에 버릴 때가 된 것 같다

나처럼

내가 웃는 까닭은

내가 자꾸 웃는 까닭은
참았던 울음보가 터질 것 같기 때문이다

웃고, 웃고, 웃다 보면
울어야 할 일을 까맣게 잊을 것 같기 때문이다

울기 시작하면 멈출 것 같지 않아
울음도 그만 아껴둬야 한다고 생각하기 때문이다

공원에서

해 밝은 날 아내를 휠체어에 태우고
공원에 나오면 아내는 어리둥절한 눈빛이다

햇살에 눈이 부신 듯 얼굴을 찡그리지만
실상은 양말을 신지 않은 불편함 때문이다

집 앞 공원 한 바퀴 돌고 오는 게 전부인데도
휠체어에 앉으면 아내는 아주 먼 곳에 온 줄 안다

그래서 여기가 어디냐고 물을 적마다
나는 우리가 처음 만났던 남산이라고 거짓말을 한
다

어제도 나왔던
집 앞 공원이라고 말하면
아내가 그만 실망할 것 같아서

어느 날 밤에

옆집 남자의 술주정 소리에 잠 깬 어느 날 밤이다.

슬그머니 들어온 푸른 달빛이 나 대신 아내 곁에
누워 있는 걸 보고 깜짝 놀란다.

아내는 낯선 달빛의 품이 내 품보다 더 포근한 모
양이다, 새근새근 잘 자고 있다.

이루의 하루

우리 집 이루는 할머니를 꼭 빼닮았다
할머니처럼 종일 느리게 움직이다가
할머니처럼 길게 누워 잠자기 일쑤다

그러다가도 먹을 때가 되면
어김없이 깨어나
요양보호사나 내 발을 긁는다

누가 찾아오지 않으면
그렇듯 종일 늘어지게 잠을 자다가도
내가 현관에 들어서는 소리가 들리면
그때만 이빨을 드러내고 개답게 짖는다

공작소에서 원고 쓰다가 오는 길이라고 해도
할머니처럼 어디 갔다가 이제 오느냐고
나무라듯 짖는다

여름날

 남편이 삼복더위에 흐르는 땀을 참지 못해 24도로 맞추고 에어컨을 틀자 안방에서 잠자던 아내가 춥다고 겨울옷까지 껴입고 나와 투덜거리며 사정없이 꺼버린다. 에너지 절약 운운하며…….

 이번엔 남편이 구석에 있던 선풍기를 슬그머니 끌어다가 3단 버튼을 누르고 머리를 처박는다. 그러자 이번에도 아내는 또 나와 그것마저도 꺼버린다. 남편이 사정하고 엄포를 놓아도 아내는 귓등으로 흘린다.

 결국 남편은 60년을 어떻게 함께 살았는지 모르겠다고 볼멘소리를 내뱉으며 욕조에 찬물을 담고 들어앉아 미지근한 물을 바가지로 끼얹는다.

 남편은 북극의 에스키모로 태어나지 못한 걸 후회하고,
 그 시간 다시 안방 침대에 누운 아내는 적도의 뜨

거운 태양이 그립다.

어느 여름날 풍경이다.

카톡이 왔다

어느 날 아침 눈을 뜨니까
알지 못하는 요양병원이
카톡에 똬리를 틀고 앉아 있다

치매 환자와 뇌질환 환자를 위한
전문 요양병원이란다

재활치료실도 현대적 시설을 갖추었고
물리치료사가 항시 대기하고 있으며
전문 의사와 담당 간호사가
24시간 상주한단다

4층 건물로, 입원실도
1인실부터 6인실까지 다양하고
간병인도 일실 일인이란다

무단 침입한 광고인 줄 알지만

그 문구를 읽는 순간,

나도 모르게 아내를 돌아보며

잠시 생각에 잠긴다

내 번호를 어떻게 알았을까 하는

개인정보 노출 따위는 뒷전이었다

아내의 시간여행

아내는 백두산과 남산을 모른다

백두산에서 찍은 사진을 보여주면
백두산이 아니고
남산이라고 우긴다

백두산에 다녀온 것은
오십이 훨씬 넘었을 무렵이고
남산은 우리가 한창 연애하던
스물 남짓했을 적에
오르내린 곳 아니냐고
아무리 설명해도 소용이 없다
그게 무슨 소리냐고
머리를 흔든다

남산은 찻값이 없던 시절
오르던 곳이고

백두산은 웬만큼 살 때
다녀온 곳이라고 말해줘도
막무가내다

어떻게, 아내는
남산과 백두산을 혼동할까

그러나
끝까지 우기는
아내의 말에
나는 결국 머리를 끄덕거리고 만다

내가 누구지?

어느 날 아침
잠을 깬 아내에게
잘 잤느냐 인사하자
아내가 낯선 얼굴로 묻는다
당신 누구세요?

나는 갑자기 어리둥절해진다

내가 정말 누구지?

나는
잠시 나 자신이
정말 누군지
가름이 되지 않는다

아내의 다리

아내의 다리는 세 개입니다
세상 사람들은 모두 두 개인데
아내는 세 개를 가지고 있습니다

두 개만 있어도
세상 사람들은
어디든 걷고 뛰고
맘대로 계단도 오르는데
아내는
한 개가 더 많은데도
맘대로 걷지 못합니다

운동하자고,
운동하지 않으면 평생 걷지 못한다고,
잔소리를 퍼부어야 겨우 일어나
달팽이처럼 느리게,
느리게 흔들흔들 걷기 시작합니다

오른쪽 다리가 앞서면
그 뒤를 왼쪽 다리가 천천히 따라가면서
열 번을 채우기 위해 안간힘을 씁니다

열 번씩 열 번을 채우라고 해도
겨우 세 번 하고는 주저앉습니다

그런 까닭에
세상 사람들보다 하나 더 가진
아내의 다른 다리는
10년이 지났는데도
늘 새것처럼 반짝거립니다

나는 그 다리가
하루빨리 헌 것이 되었으면 좋겠습니다

꿈(1)

꿈을 꾸었다

꿈속의 아내는
경포대 해변식당에서
산오징어 먹으며
초고추장을 얼굴 가득 묻히고도
활짝 웃고 있었다

1965년 어느 여름날
해맑은 모습 그대로
숨넘어갈 것처럼
까르르, 까르르, 웃고 있었다

꿈(2)

왜, 난데없이 그런 꿈을 꾸었는지 몰라

1966년 성탄절 이브는 칼바람이 매서웠지
그래도 우리는 용감했어,
발을 동동 구르면서 남산에 올라갔으니까

여자도 추운 줄을 몰랐어
하얀 입김 뿜어내고, 털장갑 낀 손을 호호 불면서도
얼굴 가득 웃음을 머금고 있었어

우리는 그렇게 팔각정까지 올라갔어
응당 그래야 하는 의식처럼

숫눈을 뽀득뽀득 밟으면서
여자는 꽃사슴처럼 뛰어다녔지

근데, 그 시절이 언제야?

누가 그것을 여태 기억하겠어?

그런데, 꿈이란 건 정말 요사스러워
잊었던 기억을 생생하게
되살리는 생명력이 있다니까

꿈(3)

갈현동이었다

첫아들 대훈이를 안고 의기양양 돌아온 날 저녁

미역국을 많이 먹어야 젖이 잘 나온다는 장모 말
듣고

대명산부인과에서 산고 치르느라 식욕이 떨어졌
을 텐데도

꾸역꾸역 한 그릇 다 비우고는 우는 아들 보듬고

기저귀를 갈던 초보 엄마 시절의 풀어진 아내 민
낯

꿈속에서도 나는 구경꾼이었다

감사할 제목

아침마다 코를 골며 자는 아내의 편안한 얼굴을
볼 때

비록 지팡이에 의지하지만, 화장실을 자유롭게 드
나드는 것을 볼 때

화장실에 앉아서 출입문에 붙여놓은 성경 구절을
읽으며 아멘, 하고 외칠 때

식사 때가 되면 어김없이 깨어나 밥 빨리 달라고
조를 때

내 이름을 물어볼 적마다 잊지 않고 '정수남'이라
고 크게 외칠 때

부부의 힘

2002년 겨울이었다, 남편이 갑자기 자가면역질환인 천포창을 앓기 시작했다. 원인은 모르지만 자고 나면 온몸에 물집이 생겨 터지는 게 몇 달 동안 이어졌다. 의사는 난치병이라고 했다. 절반이 죽는다고 했다. 그리고는 항생제를 2알 처방하면서 아침저녁으로 꼭 복용하라고 했다. 그 뒤 항생제는 1년이 지나지 않아 20알로 늘어났다. 남편은 그때까지도 그 질환의 사망 원인이 항생제 남용 때문이라는 걸 모르고 있었다. 그러나 아내는 알면서도 낙망하지 않았다. 매주 남편을 데리고 마두역에서 매봉역 병원까지 오가면서 웃음을 잃지 않았다. 걱정하지 말아요, 당신이 어떤 사람인데, 이런 것에 쓰러져요. 아내는 혹시라도 남편의 마음이 약해질까, 그게 염려스러웠다. 아내의 말처럼 4년이 지나자 천포창의 기세는 차츰 꺾이기 시작했다. 하지만 이번엔 또 다른 문제가 터졌다. 항생제 남용으로 손상된 위장이 탈이었다. 2006년 자장면보다 더 새까만 흑변을 발견하고 찾아간 병원 의사는 조직검사 후 위암 2기라고 했다. 남편은 눈앞이 캄캄했다. 이건 또 무슨 날벼락인가. 그러나 아내는 이번에도 끄떡하지 않았다. 2기잖아요. 3기가 아니라니, 얼마나 다행이에요? 아내는 머뭇거리는 남편에게 수술하자고 말했다. 바깥 상처는 약 바르면 낫지만, 속에 자리 잡은 암이라는 그 녀석은 잘라내야 후환이 없어요. 결국 7시간에 걸친 대수술 끝에 남편은 회복실로 옮겨졌다. 그리고 그 뒤 5년이 지나는 동안 아내는 여전히 꼼짝하지 않고 곁에서 남편의 회복을 도왔다. 그 독한 항암제 주사와 까다로운 섭생 규정도, 체중 조절을 위한 적당량의 운동도 씩씩하게 앞장섰다. 5년이 지나는 동안 늘 웃음을 잃지 않았다.

2015년 이번엔 아내가 어느 날 갑자기 뇌경색으로 쓰러졌다. 남편이 남산 도서관 모임에 가야 한다는 말을 듣자 따라가겠다고 고집을 부려 함께 좌석

버스를 타고 가다가 남산 초입에서 그만 주저앉은 것이다. 거기가 어딘데 나를 데려가지 않으려고 해요? 젊은 날의 우리 사랑이 고스란히 남아 있는 곳인데……. 남편은 그 길로 119를 불렀다. 응급실 담당 의사는 시간을 조금만 더 지체했다면 큰일 치를 뻔했다면서 그나마 경중이어서 다행이라고 했다. 깜짝 놀란 남편은 이럴 수도 있구나, 하면서 멀리 떨어져 사는 자녀들을 불렀다(그때는 2남 1여) 어쩌겠니, 이제부터 너희 엄마 일어날 때까지는 누군가 곁에서 돌봐줘야지. 남편은 어두워진 자녀들의 얼굴을 보며 걱정하지 말라고 다독거렸다. 3년이면 일어나지 않겠니? 그동안은 내가 돌보마, 남편은 자신이 있었다. 설마하니 그때까지야 회복되지 않겠어……. 남편은 자신을 위해 헌신한 아내를 생각했다. 입원했던 일반병원에서 재활을 위해 요양병원으로 아내를 옮겼다. 그리고는 다시 요양원으로, 다시 요양병원으로. 그러나 일 년 만에 집에 돌아온 아내는 여전히 호전될 기미를 보이지 않았다. 대학병원에서 운영하는 재활센터를 일주일에 두 번씩 데리고 다녀도 마찬가지였다. 3년은 금방이었다. 그런데 그것으로 끝나지 않았다. 5년 뒤에는 거실에서 안방으로 들어가다가 넘어져 고관절이 골절되었다. 그러나 이번에도 남편은 절망하지 않았다. 당신은 내가 일으켜 세울 거야. 남편은 곧바로 전문병원으로 옮겨 인공관절 수술받도록 했다. 그리고 두 달 뒤 아내는 다시 재활을 위해 요양병원에 입원했다. 석 달 뒤 다시 귀가한 아내는 이번엔 또 혼자 일어나다가 넘어져 갈비뼈가 부러졌고, 또 얼마 뒤에는 설상가상으로 팔목까지 부러졌다. 그래도 남편은 눈 하나 깜빡하지 않았다. 걱정하지 마, 내가 다 해줄게. 결국 아내는 두어 달이 지나 깁스를 풀었다.

그게 끝이 아니었다. 이번엔 치매라는 복병이 슬그머니 아내의 뇌를 훔쳤다. 그 뒤부터 아내는 옛날 기억은 가끔 살려도 최근에 일어난 일은 까맣게 모른다. 어느 때는 손자의 이름, 사위의 이름도 까먹고 산다. 그래도 자신의 이름 석 자와 남편의 이름은 용케 잊지 않았다. 남편은 그것만도 다행이라고 여긴다. 아침저녁으로 밥과 음식을 차려주면서도 희망을 버리지 않는다. 일어날 수 있어, 내가 기어이 일으켜 세울 거야. 남편은 오늘도 아내가 좋아하는 시금치 된장국을 끓이며 활짝 웃는다. 그 옛날 아내가 웃던 것처럼.

친구의 한마디

아내를 삼 년 전 저세상으로 먼저 보낸 친구가 어젯밤 늦게 전화했다.

내 처지를 잘 알고 있는 친구는 술 취한 목소리로, 힘들더라도 살아있을 때 잘하라고 했다. 아파서 거동이 불편해도, 치매 증세로 대화가 통하지 않아도, 숨은 쉬지 않느냐고, 따뜻한 체온은 느끼지 않느냐고 말했다. 한참 동안 넋두리하듯 어눌한 어투로 말하던 친구는 끝으로, 우리가 살면 얼마나 더 살 것 같으냐고 묻고는 잘 자라며 끊었다.

한동안 거실에 앉아 친구의 말을 곰곰이 떠올리며 우두망찰 앉았던 나는 순간, 벌떡 일어나 안방으로 뛰어 들어갔다. 그리고는 느닷없이 코를 얇게 골며 잠든 아내의 손을 찾아 그러쥐었다. 친구의 말처럼, 북어같이 말랐지만, 아내의 손은 여전히 따뜻하고 부드러웠다. 고마웠다.

나무

연약한 가지가 저토록 굵어지기까지

우듬지가 가지로 자라서 하늘을 향해 두 팔 벌리
기까지

사나운 폭풍우에 떨고

가뭄에 목말랐던 날들이

어찌 한두 번이었겠는가

어느 날은 이름 모를 벌레가 날아들어

허락도 없이 잎사귀를 아삭아삭 갉아 먹고

또 버릇없는 사람들이 나타나

목을 마구 자르고 찢을 때도

나무는 불평 한마디 하지 않았다

눈물 한 방울 흘리지 않았다

수모와 아픔을

온몸으로 참고 견디었다

눈 한 번 끔뻑이지 않았다

도망가지 않고

곧게 서서 자기 자리를 지켰다

아버지 산소에서

팔십이 다 된 아들이
오랜만에
아버지 산소를 찾았다

화병에 흰 국화를 꽂고
비석을 닦고,
잡초를 뽑으면서
삼십 년 전 돌아가신 아버지에게 묻는다

아버지는
칼바람 부는 그 모진 겨울을 어떻게 다 건디셨어
요?
울고 싶을 때는 어떻게 눈물을 감추셨어요?
모두 가지고 싶어 야단들인데
그 모든 걸 내려놓고
어떻게 이렇듯 홀홀 쉽게 떠나셨어요?
지금 계신 그 세상은 거랑말코 같지 않나요?

아무리 물어도 아버지는 입을 열지 않는다
과묵하신 게 꼭 생전 모습 같다
결국 아들은 그날도
대답을 듣지 못하고
하산한다

큰길로 내려서는데
장끼 한 마리가 푸드득,
머리 위로 날아오른다

로또복권

로또복권 한 장을 샀다

머리에 떠오르는 숫자를 골라
여섯 개 빈칸을 까맣게 채우면서
나는 벌써 부자가 된 기분이다

일등이 되면 뭐 할까?
눈만 뜨면 땅값이 오른다는데
나도 그거 한번 해볼까?
주식은 늘 그 타령이라니까 내버려 두고
망한 출판사를 다시 일으켜 볼까?
아니면 작품은 있어도
가진 게 없어 출판하지 못하는
가난한 작가들의 책을 무료로 내줄까?

당첨되었다면 아내는 뭐라고 할까?
또 내 자식들은?

오천 원짜리 복권 한 장을 뒷주머니에 감춘 나는
갑자기 웃음이 터져 나온다
미친 사람처럼 룰루랄라,
소리 내어 노래를 부른다

그렇게 껄껄 웃으며
노래를 부르던 나는 문득
그게 내 창작에 무슨 도움을 줄까, 생각하다가
공연히 헛돈 썼다고 후회하며
손을 턴다

그래도 복권은 버리지 않았다

가족사진

그럼, 기억나고말고. 칠순 잔치. 그날 나는 가족과 친척, 축하객들의 인사를 받으며 몇 시간 동안 정말 즐거웠지. 아내도 내내 웃음을 거두지 않았어. 두 아들과 딸, 며느리와 사위도 손님맞이에 분주했고, 또 손자와 손녀도 천방지축 뛰어다녔지……. 그래, 그게 벌써 십 년이 되었구먼. 백석역 천지 뷔페.

십 년이 흘렀는데도 그날의 기억은 왜 생생하게 떠오르는지 모르겠어. 그 세월이 결코 짧은 시간은 아니잖아. 생각해봐, 그로부터 십 년 동안 얼마나 많은 일이 일어났는지. 아내도 그렇고, 나도 그렇고, 또 자식들에게도……. 아니기를 바랐지만, 소용이 없었어. 세상은 시간이 지배한다는 걸 절감했을 뿐이지.

남은 것은 가족사진뿐이야, 식탁 옆 벽에 덩그러니 걸려 있는……. 사진 속의 내 가족들은 모두 십 년 전 모습 그대로 활짝 웃고 있지? 지금은 성인이 된 손자와 손녀도 어린아이 모습으로. 그래, 사진은 진실이야. 시간도 정지된 과거를 어쩌지는 못해. 그래서 이젠 그만 저걸 버릴까, 하는 거야.

아직 모르겠어? 자세히 살펴봐. 저 안에는 세상을 떠난 지 벌써 삼 년이 다 되어가는 둘째 아들이 가족들과 함께 서서 활짝 웃고 있잖아. 다 잊었다고, 이제는 정말 다 잊었다고, 입술을 깨물다가도 그것만 올려다보면 생전처럼 그 아이가 현관문을 벌컥, 열고 아버지 저 왔어요, 하고 들어설 것 같기 때문이야.

아버지 말씀

집안이 펜안할래믄 시나이새끼레 쌀과 물과 불을 하루락두 떨어트리디 말아야 해.

(내가 언제 쌀을 떨어트린 적 있나? 또 요즘은 꼭지만 틀면 수돗물이 콸콸 쏟아져나오고, 도시가스가 연결되어 있어서 불도 세상이 다 해결해 주고 있잖아요)

시나이새끼레 하루 드러누워 놀믄 그 집 에펜네와 아이새끼는 하루 굶는 걸 알아야해, 알가서?

(내가 언제 맘 놓고 논 적이 있나요? 처자식 굶긴 적 있었나요. 없잖아요?)

그런데 왜 아버지는 어젯밤 꿈에 나타나 호령하듯 그 말씀을 던지고 가셨을까.

의류 수거함

철 지난 헌 옷을 챙겨 의류 수거함에 버렸다

십 년 넘게 입고 다니던 청바지와
흰색이 누렇게 바랜 점퍼도
깃이 헤진 와이셔츠도

버렸다, 모두

미련 없이
버리고 돌아서자
버린 그것들이
나를 향해 손가락질하면서
버럭, 고함을 지른다

나는 그게 무슨 소리인지,
금방 잊어버렸다

귀를 막고 다 버렸다

그런데 웬일일까
아내도
나도 이젠 그만 버릴 때가 되었다는 생각이
종일 똬리를 틀고 앉아
나를 괴롭히기 시작했다

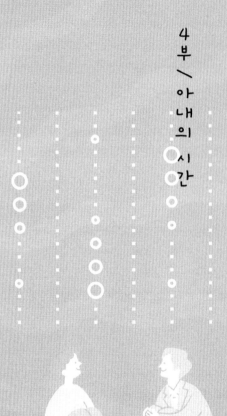

4부 / 아내의 시간

결혼기념일

미역국을 끓인다

아내는 미역국을 좋아하지 않는다
좋아하지 않지만
그래도 끓여서
식탁에 올려놓는다

5월 2일

역시 아내는 이게 뭔가 하는 눈빛이다
그래도 다행히 찡그리지 않고
후루룩, 뜬다

아름다운 것은 언제나
바람처럼 빨리 지나간다
남는 것은
그 바람이 쓸고 간 흔적 같은 것들뿐이다

내년에도
내가 미역국을 끓일 수 있을까

후루룩, 떠넘기는 아내를 건너다보며
나는 내년에도
미역국을 끓일 수 있게
해달라고 기도한다

팔월

또 심술을 부리는구나. 세상을 모두 하얗게 태워 버리겠다고 이빨 악물고 태양을 들쑤시더니 오늘은 태풍까지 끌고 와서 모든 걸 날려버리겠다고 을러대고 있구나, 너.

기역, 니은, 디귿

아내가 글 쓰는 걸 잃어버렸어

더듬거리면서
읽기는 하는데
써보라면 머리부터 흔들어
연필을 쥐어도 소용이 없어

어디로 떠났을까
예쁘게 쓰던 아내의 손글씨
사랑한다는, 연애편지

다시 돌아올 수 있게 할 수는 없을까

필사가 창작의 지름길이라고
가르쳐주던 교수님 얼굴이 떠오른다

그때는 나도 길을 잃고 한참 헤매었지

기역, 니은, 디귿,

내일은 아침부터 아내에게

한 글자씩 다시 가르칠까 해

삐뚤빼뚤하면 어때?

처음부터 잘 쓰는 사람 있었어?

처음엔 연애편지를 쓰라고 할 거야

그 시절처럼

설마하니

손글씨도 양심이 있다면

그렇게 하는데

돌아오지 않겠어?

목

꼿꼿한 것도, 병이야

가끔은 수그리고
또 가끔은 마땅찮아도
헤벌쭉 웃으면서
끄덕거려야 하는데
그런 걸 모르면
이미 중중 환자라는군

그 병은 난치병이라는구먼
내성이 생겨서 약을 먹어도
잘 낫지 않는

그래서
나이 팔십이 되어도
요 모양 요 꼴인가 봐

불편할 텐데
불편한 줄 모르는 걸 보면
병을 앓고 있는 게 분명해

모르겠어
모르지만
이제 고친다고 소용이 있겠어?
그냥 평생 짊어지고 가야 하는
고질병 아니겠어?

돌멩이 하나

둑길을 거닐다가 이상한 돌멩이 하나를 발견하고
주워 왔어. 볼수록 돌멩이는 어릴 적 후암동 골목에
서 자주 마주치던 미친 여자를 닮은 데가 있었어. 툭,
튀어나온 이마와 쏙, 들어가 붙은 납작코, 어디를 보
는지 알 수 없는 초점 없는 눈, 그런데 이상한 건 보
면 볼수록 그게 자꾸만 나를 끌어당기는 거야. 그 시
절 우물가 곁에서 나를 보며 배시시 웃던 그 미친 여
자처럼. 그래서 처음엔 바깥 베란다에 갖다 놓았던
것을 어느 날부턴가 거실 티브이 옆으로 옮겼어. 그
냥 아무렇게나 생긴 돌멩이를, 받침도 없이…….

어느 날 밤이었지. 나는 돌멩이가 자기 자리에서
빠져나와 거실을 걸어 다니는 것을 보았어. 돌멩이는
내 집이 예부터 자신의 둥지였던 것처럼 자연스럽게
돌아다니고 있었어. 배시시 웃으면서 변함없이 팔자
걸음을 걷는 그녀를 보다가 나는 그만 자지러지고 말
았지. 어떻게 저럴 수가 있을까. 돌멩이는 그것만이

아니었어. 옛날 그 여자가 길거리에서 질러대던 것같이 나를 향해서 나 좀 꺼내줘, 제발 나 좀 여기서 꺼내줘, 소리를 지르는 거야. 옛날엔 그 소리가 들릴 적마다 재빨리 도망갔지만, 이제 나에게는 그럴 곳도 없잖아. 여기가 내 집인데 어디 숨겠어?

다음 날, 나는 결국 돌멩이를 처음 발견한 그 자리에 도로 갖다 놓고 말았어.

아내의 구두를 닦다

신발장에서 구두를 모두 꺼냈어
오래 처박아뒀던 것까지 전부 꺼냈어

낡고 퇴색해 이제는 다시 신고 다닐 수 없는 것도
허접쓰레기 같아 버려야 할 것도
모두 꺼내어 구둣솔로 깨끗이 털어낸 뒤
구두약을 바르고
슥삭슥삭, 열심히 광을 냈어

내 삶의 여정에
군말 없이 제 몸을 스스로 열고 따라와 준 것들
고맙고 반가운 것들

다음엔
신발장 한쪽 구석에 쓸쓸히 앉아서
말없이 나를 쳐다보는
아내의 구두를 꺼냈어

눈곱이 낀 듯 먼지를 뿌옇게 뒤집어쓰고
주인을 기다리던 굽이 높지 않은
검정 구두가
왠지 낯설지 않았어

나는 그것도
솔과 걸레로 안팎을 깨끗이 털고
구두약을 바른 다음 정성스레 광을 냈지
그러자 구두가 나를 향해 반짝, 웃는 거야

구두가 물었어
나를 신고 함께 극장간 게 언제였지?

구두를 닦으면서 나는
글쎄, 그게 언제였지?
그 시절이 다시 올 수는 있을까,

생각했어

농담 같은

친구야, 내 아내는 저녁마다 시를 써
정말이야, 감동적인 시편들을 읊어댄다니까
아니야, 그렇게 시를 쓴 지 꽤 오래되었어
물론, 즉흥시이기는 하지만

소가 웃을 일 아니야, 이거?

듣고 싶다고?
잠깐, 서두르지 마
이 귀한 걸, 그냥 맨숭맨숭한 정신으로 듣겠다고?
안되지, 안되고말고, 아무리 친구라도
막걸리 한잔은 따라줘야지

알았어
조금만 기다려
잠깐만 있으면 아내가 직접 낭송할 거야
그래, 기가 막혀

듣다 보면 자네도
나 모르게 아내가 어디 가서
낭송법을 배운 건 아닐까 할 거야

자, 이젠 들었지?
뭐, 그건 시가 아니라고?
잠꼬대라고?
자네 귀에는 그렇게 들려?
그렇다면 자넨 귓구멍이 막혔구먼
내 귀에는 분명히
살아있다는 것을 감사하는
감동적인 시로 들리는데 말이야

아내의 시간

시간은 불공평하다.

누구에게나 다 똑같이 흘러가지 않는다.

맘대로 흘러가지만 멎는 곳은 다 다르다.

아내에게는 매우 천천히, 나에게는 매우 빠르게.

아내가 아침마다 며칠이냐고 묻는 것은 아직 어제에 머물러 있기 때문이다.

내 시간과 다르다는 것을 스스로 확인하고 싶기 때문이다.

딱, 두 번

아내가 요양병원에 들어간 건 딱, 두 번이다

첫 번째는 뇌경색으로 쓰러졌을 때
두 번째는 고관절 골절 수술 후 재활을 위해서

그런데 두 번 다 석 달을 넘기지 못했다
면회 갈 적마다 집에 가고 싶다고 아이처럼 울었다
이제는 여기가 당신 집이라고 해도 소용이 없었다

집에 돌아온 날, 아내는 끼니도 굶고 종일 잠만 잤다
꿈나라에 다시 입성한 걸 자축하는 것처럼
잠을 자면서 배냇짓 하듯 배시시, 웃었다

그 뒤부터 요양병원 이야기가 나오면
아내는 폴짝, 뛰며 울상부터 짓는다
딱, 두 번 다녀온 것뿐인데
지금도 부들부들 떤다

도대체 요양병원에서는 무슨 일이 있었을까

아내는 일류 배우다

아내는 일류 배우다
배우는 대개 한두 시간 다른 사람의 삶을 살지만
아내는 십 년 동안 남의 삶을 살고 있다

한여름철에도 솜이불 덮고,
삼복더위에서도 땀 한 방울 흘리지 않는다

사랑한다는 말은 하지 않지만
내가 사랑한다고 하면 머리는 까딱거린다

그건 일류 배우들의 태생적 교만 아니겠어?

세상에서 가장 소중한 것을 소유하지는 못했지만
모두 소유한 것처럼 늘 당당한 얼굴

세상일을 모르는 듯 초연해도
식탁에 같은 반찬이 세 번 올라오면

눈꼬리를 사납게 치켜세우고 까탈을 부리는 것
그것 역시 일류 배우들의 자존심 아니겠어?

그렇게 보면
잠자리에서 연주하듯 코를
높고 낮게
때로는 숨이 넘어갈 듯 고는 것도
고도로 숙달된 연기 아닐까?

그런데 아내가
언제부터
배우 되겠다고 맘먹었는지는
나도 궁금하다

치매 환자

이런 세상이 다 있었구먼
모두 비우고 나니까 오게 되는구먼
너무 좋네, 도화지처럼 하얀 세상
여기에서 영영 나가고 싶지 않네!

나이 팔십은

칠십까지는 그래도 괜찮았어
기운 잃으면 안 된다고
광동 침향환도 아침마다 한 알씩 씹었지
그것 덕분에 십 년을 버텼는지는 몰라
아무튼 별 탈 없이 잘 견딘 건 사실이니까

그러나 나이 팔십이 넘어가면서부터는
그 모든 걸 끊었어
먹어봤자 그 모양이 그 모양이고
허리, 무릎, 어깨가 나을 기밀 보이지 않으니까

나이 팔십이 넘으면 그냥 덤으로 사는 줄 알라는
선배들의 말은 하나도 틀린 데가 없어

그래, 나이 팔십이야
뭘 더 바라겠어?
여기까지 걷게 해준 것만도 감사할 따름이지

그래도 미련이 있다면
평생 문학을 한다고 달려왔는데,
남긴 게 없다는 거야

그래서 오늘도 나는
고등학생 때 만나 지금까지 군말 없이 동행한
동갑내기 아내를 슬그머니 돌아봐

미안하지
암, 미안하고말고
평생 조금만 기다려보라고 흰소리 쳐놓고
정작 준 건 하나도 없으니까

희망사항(1)

이 나이에 그런 게 필요 있겠어?
그래도 굳이 말하라면, 글쎄 나는 그냥……

그냥, 옛날처럼 아내가 차려주는 밥상이나 한번
받아봤으면
그냥, 아침 출근할 때 일찍 들어오세요, 하는 소리
한번 들어봤으면
그냥, 한 번이라도 아내의 손잡고 그때처럼 남산
에 올라가 봤으면
그냥, 맑은 목소리로 부르는 아내의 노랫소리 한
번 들어봤으면

그냥, 그게 전부야
정말이야, 그냥……

희망사항(2)

우리, 그냥 딱 이렇게 십 년만 더 살다가 가자
그 이상 산다는 건 세상에 짐이 되는 거야
고마운 세상에 짐이 될 수는 없잖아
괜찮아, 한쪽 발 끌어도 아직은 걷잖아
아직은 말할 수 있고, 듣는 귀 열려 있잖아

우리, 그냥 딱 이렇게 십 년만 더 살다가 가자
그 이상 살다가는 감사할 제목이 그만 사라질지도
몰라
그게 사라지면 세상을 살아가는 의미가 없잖아
괜찮아, 시력은 떨어졌으나 맛을 잃지는 않았잖아
아직 일용할 양식 감사하며 먹을 수는 있잖아

우리, 그냥 딱 이렇게 십 년만 더 살다가 가자
그보다 오래 살겠다는 건 부질없는 욕심일 뿐이야
그렇게 되면 지금까지 쌓아온 우리 사랑마저 식을
지 몰라

그보다 더 늙고 지친다면 그럴 수도 있잖아

지금처럼 날마다 감사하며 살아가지 못할 수도 있
잖아

아내의 핸드폰

아내의 핸드폰은 종일 낮잠을 잔다.

이따금 안전 안내 문자와 광고 문자가 잠을 깨우지만 그때뿐이다.

하품 몇 차례 내뱉고는 또 금방 꿈나라로 빠져든다.

아내의 핸드폰은 잠자는 공주 같은 주인을 쏙 빼닮았다.

주인처럼 언제나 제자리를 지키고 앉아 꼼짝하지 않는다.

큰 소리로 부르면 귀찮다는 듯, 몇 번 부르르 떨다가 멈출 뿐이다.

핸드폰이 오늘 꾸는 꿈은 무엇일까, 혹시 주인과 같은 것은 아닐까.

남성을 보다

거울 앞에 서서
문득 숨죽인 내 남성을 보는

퇴역 장군처럼 축 늘어졌지만
입을 굳게 다물고 있는

모든 걸 알고 있으나
발설할 수 없다는 완강한 태도가
아직도 위풍당당한

사실은 그가 주범인데
그게 언제 적 이야기인데
지금 와서 되새김질하느냐는
물증 있으면 내놓아보라고
오히려 큰소리치는

외면한 채 딴청을 부리는

아이 셋 낳고

집칸 쓰고 산 게 다 자기 덕분 아니냐는

어서 찬물이나 끼얹고 나가라는

외눈 부릅뜨고 야지랑 떠는

누가 꼬드겨도

이젠 끔쩍하지 않을 거라고 손사래 치는

그가 왠지 자꾸 불쌍해 보이는

오늘 아침

아내도 때로는 나처럼 울까

아내 생각하다 보면
나도 가끔 울음을 뱉어낸다

내가 울 때 아내는 곁에 없지만
울다 보면 가끔 아내도
내 생각 할까, 돌아보게 된다

아내 생각하다 보면
목이 메도록 슬퍼져
나도 가끔 눈물이 난다
이렇듯 둘이 살다가도
언젠가는 헤어질 게 떠올라
우는 것은 아니다

지금까지 아내와 둘이 맞은 이별이
몇 개였지, 하나씩 진열해보다가
우는 것도 아니다

주름이 늘어갈수록
눈물이 그냥
자꾸 나도 모르게 흘러내린다

그러다가
내가 우는 그 시간에
아내도 내 생각하면서
울고 있는 건 아닐까, 해서
나는 얼른 눈물을 거둔다

앞으로는
웃을 일보다
울 일이 더 많을 테니까

오늘 하루도

세상이 나를 얕잡아 보지 못하도록
오늘 하루도
근육을 팽팽히 세우고 걸어야 해

무골충처럼
흐느적거리면 안 돼
목 꼿꼿이 세우고
숨이 턱까지 차올라도 빠른 걸음 내디뎌야 해

말은 많이 하지 말고
귀는 듣는 데 열중해야 해
내가 던진 말이
누군가의 목에 걸려
켁켁, 딸꾹질하면 큰일이니까

누군가
건강을 묻거들랑

그냥 머리를 주억거리며 웃어줘
어차피 지나가는 인사치레니까

특히 아내의 상태를 물으면
긴말 나누지 말고
그냥 짧게 좋아졌다고만 대꾸해

오늘 하루도
한눈팔지 말고 눈 똑바로 뜨고 걸어야 해
세상이란 밤안개 같아서 자칫하면
허방에 빠지기 쉬우니까
특히 늙은이에게는

분리수거의 날

목요일 오후마다
나는 무엇을 버릴까, 고민한다

지난주에는
그동안 애면글면 품고 살았던
문학에 관한 묵은 상념들을
모두 꺼내어 버렸는데
그런 건 재활용이 되지 않는다는 말에
종량제 일반쓰레기 봉투에 담아 다시 버려야 했다

오늘은 무엇을 버릴까
무엇을 버려 나를 가볍게 만들까

오늘은
유효기간이 다 지나간 것을 골라 버려야겠다

세상을 봐야 앞으로 나아갈 텐데

안경을 쓰고도 제 역할을 감당하지 못하는 눈
밤마다 욱신거리는 무릎
들을 적마다 부러움만 불러오는 귀

생각해보니까 아직 버리지 못한 게 너무 많다

코도, 혀도,
때 없이 뜨거워지는 심장도
오늘 버려야겠다

아내에게
당신은 뭐 버릴 거 없느냐고, 물었다
그러자 아내는
벌써 십 년 전에 다 버려서
더 버릴 게 없다고 한다

그런데 내가 버린 그것들이

재활용은 가능할까

이번에도 지난번처럼 또

종량제 일반쓰레기 봉투에 담아 버리라고

지청구나 소낙비처럼 듣는 건 아닌지……

버스에서 본 여자

버스에서
긴 머리의 젊은 여자를 보았다

참 예쁘다

말을 걸면
금방 풋풋한 물기가
묻어날 것 같다

가슴이 뛴다

옛날 아내를 보는 것 같다

아내의 엄마

아내는 하루에 스무 번도 더 엄마를 부른다
시도 때도 없이
가슴까지 두드리며 부른다

아내가 찾는 엄마는 이 세상에 없다
벌써 사십 년 전 저세상으로 가셨다

그런데도 아내는 눈앞에 있다는 듯
어린아이처럼
엄마를 부른다

그런데 왜 나는
아내가 엄마를 부를 적마다
죄지은 사람처럼 깜짝깜짝 놀랄까

무엇 때문일까

무제

오늘 하루 10,462보 걸었다고 자랑하다가

아내에게 462보는 주고 싶다고 농담을 건네다가

무심한 듯 가만히 웃고 있는 아내 얼굴을 바라보다가

문득 젊은 날 남산 길 걷던 아내의 단단한 발을 떠올리다가

라면 한 컵도

붉게 타는 노을빛이 고와서 나도 모르게 공원에
나왔다가

젊은 사람들이 편의점 앞에서 라면 먹는 모습을
보다가

후루룩, 거리는 그 소리에 그만 유혹되어 들어갔
다가

그들처럼 노천 테이블에 앉아 나도 후루룩, 거리
다가

처량한 듯 바라보는 그들의 눈빛에 나무젓가락을
내려놓는

나이 들면 라면 한 컵도 아무 데서나 먹을 수 없다
는 것을 깨닫는

문득 나도 그런 눈빛으로 아내를 본 적 없나, 돌아
보는

어느 날 오후

해설

긴 슬픔과 깊은 아픔을 이겨내기 위하여

이승하(시인·중앙대 교수)

정수남 작가라고 불러야 할지 정수남 시인이라고 불러야 할지 모르겠다. 해설자가 1984년 중앙일보 신춘문예에 시가 당선되어 고고의 울음을 터뜨린 것과 같은 날 정수남 시인은 옆 침대인 서울신문 신춘문예에 「접목」이란 소설이 당선되어 역시 고고의 울음을 터뜨렸다. 심사위원인 김동리와 서기원은 심사평을 이렇게 썼다.

요즘 한창 사회적인 관심의 대상이 되어 있는 이산가족의 문제를 또 다른 각도에서 성공적으로 다루고 있다. 부모를 잃은 고아와 이북에 가족을 두고 단신 월남한 사내가 거리에서 자연스럽게 만나 자연스럽게 부자 관계로 맺어진 채 친부자나 다름없이 발전하는 내용이 읽는 이를 감동시키면서 조금도 작위적인 것이 느껴지지 않는다.

이와 같이 격찬을 들으면서 등단한 정수남 작가의 이력을 보니 무척 특이했다. 신문에는 1945년 평양 출생. 용산 중·고교 졸업, 현재 주택건설업에 종사. 이 세 가지가 적혀 있었다. 해방둥이인데 월남한 가족의 일원으로 어머니의 등에 업혀 38선을 넘은 것이었다. 건설업을 하면서 산전수전 다 겪었을 테니 그

이력 또한 소설가로서는 특이했다. 정수남 작가는 나이 마흔이 다 되어 늦깎이로 등단했지만 지난 40년 동안 소설집으로『분실시대』『타성의 새』『별은 한낮에 빛나지 않는다』『아직도 그대는 내 사랑』『시계탑이 있는 풍경』『길에서 길을 보다』『앉지 못하는 새』『아주 이상한 가출기』『생명의 기원』『개들의 전쟁』등을 펴냈고, 장편소설로『행복아파트 사람들』을 냈으니 정말 성실하게 소설의 밭을 일궈온 셈이다. 산문집『시 한 잔의 추억』1, 2권과 글짓기 책으로『정수남 선생과 함께 떠나는 365일 글짓기 여행』1, 2를 낸 것은 힘든 소설 쓰기의 와중에 호흡을 잠시 가다듬으며 휴식도 취하고 열정도 좀 순화시키고자 한 의도가 아니었을까 여겨진다. 그간 자유문학상, 한국소설문학상, 대한민국 장애인문학상, 문학저널 창작문학상, 전영택문학상, 경기도문학상, 이범선문학상, 시선문학상, 파주 예술가상 등을 수상하였다.

지면 밖에서도 활동을 활발히 하였다. 건설업은 접고서 일산문학학교와 파주문예대학에서 창작법을 가르쳤다. 한국소설가협회 감사와 창작21작가회의 상임고문, 한솔문학 고문을 역임했고 고양작가회의 회장을 11년 동안 했다. 한국작가회의, 국제PEN 한

국본부, 한국문인협회 회원으로 활동하고 있다. 현재 파주에서 '정수남 문학공작소'를 운영하고 있다.

이 와중에 출판사 들꽃에서 첫 시집 『병상일기』를 냈다. 2006년이었다. 김명수 시인이 쓴 발문이 인상적이었다.

시집에는 삶과 죽음의 경계에 선 감회가 많다. 절대자의 존재를 찾고 거기 의지하는 마음의 간절함이 새겨진다. 유한한 인생을 헤아리고 아름다운 삶을 살고 싶은 기원이 담긴 시들이 모두 겸허하고 진술하다. 어제는 비가 왔고 오늘은 바람이 분다. 바람 끝에 가지가지 피 흘려 꽃잎이 지는데 그가 고통받는 이 봄의 정취는 쓸쓸하다. 그러나 봄은 아직도 우리 앞에 놓여 있다. 어디 봄뿐이겠는가. 여름도 가을도 눈 내리는 겨울도 아직은 우리에게 남아 있을 것이다. 나는 그가 일어날 것을 굳게 믿는다.

시인은 위암에 걸려 수술을 받고 하늘나라 문턱까지 다녀오면서 소설로 쓸 수 없는 이야기보따리를 시로 풀어냈다. 병상일기는 대개 환자가 기록하는 것인데 요즘은 모든 것이 전산화되어 병상일기를 쓰는 사람은 거의 없다. 정수남 작가가 병상에서 시로 일기를 쓴 것도 어언 20년 전이다. 그러다 2023년에 시선사의 시선집 시리즈로 『너, 지금 어디 있니?』를 펴냈다. 그리고 바로 이어 2025년에 새 시집을 낼 준비를 하다니, 도대체 어떻게 된 일인가. 시가 최근에 봇물 터지듯이 터져 나오고 있는 것이다.

독자가 이번 시집을 보면 아시겠지만 거의 모든 시에 아내가 나온다. 그런데 아내가 몸이 아주 불편하다. 영혼도 온전치 못하다. 이럴 경우 요양병원이나 요양원에 보냄으로써 남편은 두 다리를 쭉 뻗고 자는 것이 상례인데 함께 지내면서 일거수일투족을 눈에서 떼지 않고 아내를 돌보고 챙긴다. 24시간 같이 지내면서 돌보는 일이 얼마나 힘들까? 해로해 온 아내에 대한 남편의 사랑의 온기를 십분 느낄 수 있는 편편의 시를 읽으면서 독자들은 가슴이 뻐근하게 저려오는 감동을 할 것이다.

자, 이제 시를 몇 편 감상해보기로 하자. 제일 앞머리에 놓인 시에 아내의 이름이 나온다.

내 아내 이름은 김영자입니다
본은 연안이고

꽃불 영, 아들 자를 씁니다
그런데 아내는 자기 이름 석 자를 불러도
대답할 줄 모릅니다

아내는 이름을 잃어버렸습니다
60년 가깝게 함께 살면서
내가 이름 대신 부르던
여보, 당신, 해도
대답하지 않습니다

나는
이름을 잃어버린 아내가
내 아내 같지 않아서
이따금 낯설게 느껴집니다
─「아내의 이름」 전반부

　함께 산 세월이 60년이 다 되었으니 흔히 말하는 백년해로를 하고 있는 셈이다. 그런데 아내는 자신의 이름이 김영자임을 모른다. 불러도 대답하지 않으니 이 일을 어찌하랴. "여보! 당신!" 하고 소리쳐 불러도 대답하지 않는다. 60년 가까이 같이 살면서 불러온 "여보!"에 대해 아무런 반응을 보이지 않게 되었을 때, 남편의 가슴은 쓰릴까 찢어질까.

> 그래도 아내가
> 말을 모두 잃어버린 건 아닙니다
> 내가 누구지, 물으면
> 내 남편이라고
> 그것만큼은 아주 또렷이 말합니다
>
> 다행입니다
> 나는 그런 아내가 예뻐서
> 그럴 적마다 가만히 안아 주곤 합니다
>
> 내 아내의 손은 아직 따듯합니다.
> —「아내의 이름」 후반부

놀라운 일이다. 아내가 그래도 나를 조금은 알아보는 모양이다. 비록 실낱같기는 하지만 희망을 버릴수 없다. 나를 알아보는 아내가 예뻐서 가만히 안아주곤 한다지만 이 얼마나 슬픈 풍경인가.

> 10년 전 뇌경색으로 쓰러진 뒤
> 아내로부터 달아난 너는

어느 날부터
아내의 웃음마저 앗아갔다

식탁에 앉아 한술 뜨기 바쁘게
방으로 들어가는 아내는
꿈속에서 과연 무엇을 찾고 있을까
혹시 너를 붙들고 조르는 것은 아닐까
나처럼

우리가 잘 지켜야 해요
우리가 만들어갈 세상

한평생 아내는 약속을 지켰다
아내가 만든 세상은
높지는 않았지만 견고했다
태풍이 불고
해일이 덮쳐도 흔들리지 않았다
남산에서 처음 입술을 맞추며
함께 가자는 약속
잊지 않았다

　　　　　　　　－「너 지금 어디 있니?」 부분

남산에서 데이트하면서 첫 키스를 했고 부부가 되

었는데 10년 전, 아내가 뇌경색으로 쓰러졌던가 보다. 그 병은 아내의 얼굴에서 웃음을 앗아가 버렸다. 화자는 어제와 다른 아내를 보고 절망했을 것이다. 달아나고 싶기도 했을 것이다. 이 무슨 운명의 장난이란 말인가. 이런 비극이 있기 전에 아내와 약속을 한 적이 있었다. "우리가 잘 지켜야 해요/ 우리가 만들어갈 세상"이라는 약속을.

주택건설업으로 생계를 잇던 정수남 사장님이 어느 날부터 일을 접었는지는 알 수 없지만 소설을 열심히 쓰고 소설창작법을 지도하게 되었다. 그런데 또 어느 날부터는 아내를 전적으로 돌봐야 하게 되었다. 남편은 일말의 희망을 버리지 않는다. 기적처럼 호전되는 날이 오지 않을까? 이런 희망이라도 가슴에 품지 않으면 하루하루가 너무나 절망스러울 것이다.

그래도
아직은 아니야
조금 더 살다 보면
좋은 날이 다시 돌아올 거야

이대로 끝난다면

그건

너무 슬프잖아

너무 아프잖아

한번은 훨훨 걷기도 하고

뛰어도 봐야 하지 않겠어?

— 「아직은 아니야」 후반부

    살다 보면 좋은 날이 있을지도 모른다고 생각한
다. 희망을 잃지 않으려는 화자의 다짐이 눈물겹다.
아내가 그래도 말은 몇 마디 하는데 대화는 되지 않
는다.

내 아내는

해가 뜨고 지는 것을 모릅니다

어제와 오늘도 모릅니다

오늘이 며칠이냐고

물을 적마다 대답해 주지만

조금 지나면 또 묻습니다

왜 자꾸 묻느냐고 해도

소용이 없습니다

벌써 몇 년 동안

봄이 와도

그 봄이 가고

다시 또, 또 새봄이 와도

아내는 봄 냄새를 맡을 줄 모릅니다

－「착각」전반부

   인간은 5감을 갖고 살아간다. 시각, 후각, 미각, 청각, 촉각 외에도 기억력과 판단력, 인지 능력 등을 갖고 살아가는데 화자의 아내는 해가 뜨고 지는 것을 모른단다. 밤이 가고 새벽이 오고, 어제가 가고 오늘이 오는 시간 감각을 전혀 하지 못한다. 따뜻해지면 봄이 온 것이고 더워지면 여름이 온 것이고 선선해지면 가을이 온 것임을 모르니 유아로 돌아간 것이라고 해야 할까. 그런데 다음 시를 읽고 얼마나 놀랐던지!

   전화를 건다

신호가 길게 이어지지만

그날도 통화는 되지 않는다

－지금 거신 번호는 없는 번호입니다

―다시 확인하시고 걸어주세요

　　전화를 끊는다

　　아, 그렇구나
　　비로소 깨닫는다

　　내 핸드폰에 저장된 번호는
　　3년 전 먼저 저세상으로 혼자 가버린
　　아들의 번호였다
　　　　　　　　　　　　―「아들의 전화번호」 전문

　자손이 부모나 조부모보다 먼저 하늘나라로 가는 것을 참척慘慽이라고 한다. 참혹할 참에 근심할 척이다. 근심 중에서도 제일 참혹한 근심을 하게 되는 것이 자식의 죽음 때문이다. 화자의 아들이 3년 전에 세상을 떠났지만 핸드폰에는 전화번호가 내장되어 있다. 아들도 위암이었다고 한다. 병마가 방문하여 데리고 갔지만 무심코 전화번호를 눌렀고, 신호가 길게 가지만 통화는 당연히 되지 않는다. 비애를 넘어 비통했을 것이다.

　정수남 시인만큼 생의 비극을 절실하게 느끼고 있

는 사람이 또 있을까. 이런 시 앞에서 더 무슨 말을
할 수 있으랴.

　　요즘 나는 울면서 산다

　　한평생 시를 쓴다고 한들
　　여름 한낮 저 푸르름도 그리지 못하는 것을

　　한평생 노래를 부른다 한들
　　여름 한낮 산새들의 지저귐만도 못한 것을

　　한평생 사랑한다고 한들
　　여름 한낮 짝짓기하는 저 노루의 열정만도 못
한 것을

　　요즘 나는 울면서 산다

　　10년 넘게 지키고 있으면 뭐 하나,
　　아내를 한 번도 걷게 하지 못하는 것을
　　　　　　　　－「요즘 나는 울면서 산다」 전문

아내의 팔다리 역할을 한 지도 어느새 10년이 되

었다. 요즘도 화자는 울면서 산다고 한다. 제대로 걷지도 못하는 아내. 그렇다고 업고 다닐 수는 없다. 함께 외출하는 것 자체가 즐거움이었을 텐데 그것이 불가능해졌다. 휠체어를 밀고 동네 산보에 나가면 이런 대화를 나눈다.

집 앞 공원 한 바퀴 돌고 오는 게 전부인데도
휠체어에 앉으면 아내는 아주 먼 곳에 온 줄 안다

그래서 여기가 어디냐고 물을 적마다
나는 우리가 처음 만났던 남산이라고 거짓말을
한다

어제도 나왔던
집 앞 공원이라고 말하면
아내가 그만 실망할 것 같아서

—「공원에서」 부분

이 장면을 희극이라고 해야 하나 비극이라고 해야하나. 함께 있으니 다행이라고 해야 하나 이런 대화밖에 못 나누니 불행이라고 해야 하나.
다음에 소개하는 시는 거의 부르짖음이다. 하루하

루가 얼마나 힘든 나날일까. 얼마나 절망스러운 나날
일까. 하지만 괴롭다, 죽고 싶다고 마음속으로도 외
치지 않는다.

3년 전 둘째 아들을 먼저 하늘나라로 보냈고
10년 전 뇌경색으로 쓰러진
아내와 대화가 단절되었지만
나는 그래도 행복하다

행복을 만들며 산다

누군가 불행할 거라고 위로하면
나는 머리부터 흔든다

내가 스스로
행복하지 않다고 여기면
당장 눈물이 소낙비처럼 쏟아질 것 같아
매일매일
이 악물고
나는 참 행복하다,
행복하다 읊조리며 산다

　　　　　　　　　 －「행복이라는 것은」부분

절망적인 상황이지만, 살아야 한다는 명제 앞에서 몸부림치는 시인이 여기에 있다. 나는 그래도 지금 행복하다고 부르짖는 시인의 이 시 앞에서 목이 멘다. 그래도 내 옆에는 아내가 있고, 큰아들이 있으니까 하면서 애써 울음을 삼키는 정수남 시인에게 격려의 박수를 보내고 싶다. 시인을 살아가게 하는 것이 또 하나 있다. 기억의 끈, 추억의 힘이다. 특히 아내와 함께했던 60년 세월을 회상하곤 한다.

젊은 시절
이곳에서 저곳으로
작은 집에서 더 작은 집으로
열 번도 넘게 이사 다닐 적마다
아내는 말없이 짐을 꾸리면서도
한숨 한번 길게 내뱉지 않았다
ㅡ「이사」제1연

바닷가를 거닐며
깔깔거리는 아내의 웃음소리가
태양보다 더 뜨겁게 타올랐다
ㅡ「어느 여름날 오후」제1연

그래도 우리 얼음판에서
혹은 눈 내린 산에서
서로 사랑을 나눴잖아요?
　　　　　　　　　－「꽃샘추위」 제2연

　이 세상에, 영원한 것은 아무것도 없다. 화무십일
홍이요, 달도 차면 반드시 기운다. 생로병사는 만고
불변의 진리다. 노화를 막는 명약은 없으며, 불로초
는 진시황도 구하지 못했다. 그래도 옆에는 숨 쉬는
아내가 있으니, 남은 생을 함께 할 동반자가 있으니
희망의 심지가 꺼진 것이 아니다. 이런 시를 쓰면서
울음을 삼키는 정수남 시인 옆에서 마침내 해설자는
울음을 터뜨리고 만다.

노을 진 하늘을 바라보다가
붉은빛이 너무 아름답다고 생각하다가
문득 우리 마지막도 저랬으면 하다가
아직은 좀 더 살아야지 입술을 깨물다가
어려워도 좀 더 살아야지 가슴을 치다가
아내의 숨소리를 듣는 게
행복하다고 느끼는 저녁
　　　　　　　　　－「황혼을 바라보며」 전문

강은 모든 것을 안고 걸어가지만
모든 것을 하나하나 비우며 흘러간다

이제는 더 비울 게 없어도
강은 또 비울 게 없을까, 두리번거리며
흘러간다

아내는 강이다!

　　　　　　　　　－「아내는 강이다」 부분

　어떤 날은 아내가 사랑스럽다. 자랑스럽다. 나를
지탱하게 하는 것이 바로 아픈 아내이다. 그녀는 어
떤 날은 내가 도인이 되게 하고 어떤 날은 성인이 되
게 한다. 간당간당한 희망. 엄습하는 절망감. 제3부
에는 「부부의 힘」이라는 꽤 긴 시가 있다. 자신을 헌
신적으로 간병했던 아내의 잔상을 더듬고 있는데 60
년이란 긴 세월이 한 편의 시에 고스란히 담겨 있다.
비극이 흡사 쓰나미처럼 한 집안을 엄습한 이후 계속
해서 더한 태풍을 몰고 오는데, 가슴에 통증이 느껴
질 정도다.
　2, 3, 4부의 시도 지금까지 다룬 1부의 시와 크게

다르지 않다. 이번 시집은 한마디로 말해 '아내에게 바치는 헌사'라고 할 수 있다. 아마도 엄청난 고통을 감내하면서 편편의 시를 썼을 것이다. 고통을 떨쳐버리고자 술을 마시는 대신에 시를 쓰지 않았을까. 봇물 터지듯이 쏟아낸 시를 모아 시집을 내게 되었으니 읽는 이는 모두 크게 감동할 것이다. 그런데 해설자가 생각하기에 정수남 시인은 아직도 커다란 이야기 보따리를 2개 더 갖고 있다. 하나는 해방둥이로서 분단 극복과 통일 모색의 주제는 지금까지 시에서는 거의 행하지 않았다. 「아버지 산소에서」 같은 시가 더욱 많이 탄생하기 바란다.

그리고 오랜 세월 건설업 현장에서 진두지휘하면서 살아왔을 텐데 여기에 대한 이야기는 아직 시에서는 하지 않았다. 직업전선에서 보고 듣고 느낀 것들이 분명히 있을 것이다. 이번 시집은 아내에 대한 보답의 시집이라고 할 수 있는데 그만큼 아내에게 감사하는 마음이 크다. 이제 제목이 된 2편의 시를 보자.

　　그냥, 옛날처럼 아내가 차려주는 밥상이나 한
　번 받아봤으면
　　그냥, 아침 출근할 때 일찍 들어오세요, 하는

소리 한번 들어봤으면

　　그냥, 한 번이라도 아내의 손 잡고 그때처럼 남
산에 올라가 봤으면

　　그냥, 맑은 목소리로 부르는 아내의 노랫소리
한 번 들어봤으면

　　　　　　　　　　　　－「희망사항(1)」 가운데 연

참 얼마나 간절한 희망인가. 애절한 소망인가. 이
네 가지 이 희망은 이루어질 수 없는 것이기에 가슴
아프다. 행복이 다른 게 아니다. 아내가 차린 밥을 부
부가 같이 먹는 것이야말로 소소한 행복이다. 아침
출근할 때 "일찍 들어오세요" 인사를 듣는 것이 크나
큰 기쁨이다. 아내의 손을 잡고 옛날 데이트 장소에
가보는 일은 대단한 즐거움일 것이다. 아내의 노랫소
리를 들으면 하늘을 나는 기분일 테고.

　　우리, 그냥 딱 이렇게 십 년만 더 살다가 가자
　　그 이상 산다는 건 세상에 짐이 되는 거야
　　고마운 세상에 짐이 될 수는 없잖아
　　괜찮아, 한쪽 발 끌어도 아직은 걷잖아
　　아직은 말할 수 있고, 듣는 귀 열려 있잖아

　　　　　　　　　　　　－「희망사항(2)」 첫 번째 연

정수남 시인의 이 소원이 이뤄지기를 간절히 바란
다. 시에서 말한 대로 10년 더 해로할 수 있기를. 부
부가 한날한시에 영면의 순간을 맞을 수는 없겠지만
같이 지상에 한참 더 머물렀으면 좋겠다. 시인으로서
써야 할 시가 아직 많다. 두 가지를 주문해 두었으니
열심히 펜을 벼리기 바란다. 진정한 노익장, 정수남
시인의 제4시집을 해설자는 긴장된 마음으로 기다리
고 있을 것이다.

희망사항

초판 1쇄인쇄 2025년 3월 17일
초판 1쇄발행 2025년 3월 20일

저 자 정수남
발행인 박지연
발행처 도서출판 도화
등 록 2013년 11월 19일 제2013 - 000124호
주 소 서울시 송파구 중대로34길 9-3
전 화 02) 3012 - 1030
팩 스 02) 3012 - 1031
전자우편 dohwa1030@daum.net
인 쇄 (주)유진보라

ISBN ǀ 979-11-92828-80-0 *03810
정가 12,000원

*서울문화재단 원로작가창작지원금으로 출판되었습니다.